ANNIE GRAVIER

ILLUSTRÉ PAR ROSELYNE CAZAZIAN

Alana sofer
~~canada~~ lcanada~~
(905)-887 8167 ~~273~~ *calvert*
Rod Marckham

Données de catalogage avant publication (Canada)

Gravier, Annie

Anouchka De La Pétarade
(Le monde merveilleux d'Anouchka)
Pour enfants de 7 ans et plus.
ISBN 2-89428-803-4

I. Cazazian, Roselyne. II. Titre. III. Collection: Gravier, Annie. Monde merveilleux d'Anouchka.

PS8613.R384A86 2005   jC843'.6   C2005-940386-1
PS9613.R384A86 2005

Les Éditions Hurtubise HMH bénéficient du soutien financier des institutions suivantes pour leurs activités d'édition:

– Conseil des Arts du Canada;
– Gouvernement du Canada par l'entremise du Programme d'aide au développement de l'industrie de l'édition (PADIÉ);
– Société de développement des entreprises culturelles du Québec (SODEC);
– Gouvernement du Québec par l'entremise du programme de crédit d'impôt pour l'édition de livres.

Éditrice jeunesse: Nathalie Savaria
Illustrations: Roselyne Cazazian, Studio Kazaz
Graphisme et mise en page: Diane Lanteigne
© Copyright 2005

Éditions Hurtubise HMH ltée
1815, avenue De Lorimier
Montréal (Québec)
Téléphone: (514) 523-1523 - Télécopieur: (514) 523-9969
www.hurtubisehmh.com

ISBN 2-89428-803-4

Distribution en France
Librairie du Québec/D.N.M.
Téléphone: 01 43 54 49 02 - Télécopieur: 01 43 54 39 15
Courriel: liquebec@noos.fr

Dépôt légal/ 3ᵉ trimestre 2005
Bibliothèque nationale du Canada
Bibliothèque nationale du Québec

Imprimé en Malaisie

L'auteure

Annie Gravier travaille dans le domaine des communications depuis plus de 15 ans. Initiée à la musique dès l'âge de six ans, elle découvre très tôt le pouvoir de la pensée positive. Son amour pour ses deux enfants l'incite à écrire *Anouchka De La Pétarade*, premier roman de la série « Le monde merveilleux d'Anouchka ».

Cette série se distingue par son but unique qui est d'utiliser l'imaginaire des enfants pour leur donner confiance en eux-mêmes. À travers l'histoire d'Anouchka, l'auteure pénètre tout droit dans le cœur et l'esprit des jeunes lecteurs.

L'illustratrice

Roselyne Cazazian a commencé sa vie d'artiste en 1982 en peignant des portraits au pastel pour les touristes, l'été, dans le Vieux-Montréal. L'année suivante, elle a l'idée de peindre des t-shirts au *airbrush* et remporte un énorme succès qui l'amène à voyager aux Antilles, en Amérique centrale ainsi qu'en Europe. En 1996, elle s'essaie à l'infographie et travaille bientôt dans l'industrie de la mode où elle crée, comme graphiste, différentes collections de vêtements. En octobre 2004, Anouchka De La Pétarade entre dans sa vie avec son lot de bonnes nouvelles. Grâce à sa fée, Roselyne se consacre maintenant exclusivement à l'illustration.

À Emmanuelle, à William
et aux enfants du monde entier.

Le premier secret d'Anouchka

Psst! Approche. J'ai plusieurs secrets à te dévoiler. Ce sont des secrets qui ont le pouvoir de réaliser tous tes rêves, sans exception! C'est ton jour de chance! Tu es sur le point de faire une découverte extraordinaire. Si tu suis mon exemple, tu pourras, comme moi, décider de ton avenir, de ce qui va t'arriver demain, dans cinq ans ou dans dix ans...

Salut! Je me présente: Anouchka De La Pétarade. Quoi? C'est long comme nom?

Ha! Ha! Ça, c'est juste mon surnom. Mon nom au complet c'est : Anouchka De La Pétarade du petit bois à gauche de la cabane suspendue derrière le champ de pissenlits aux vaches à deux taches, à droite de la rue des accordéons, passé la maison des grenouilles à 27 pattes.

Pas mal, non ? Moi, j'adore ! Mais appelle-moi tout simplement Anouchka.

Je suis une fillette de neuf ans aux yeux verts ultra-pétillants et au sourire attachant. J'ai un grain de beauté en forme de cœur au coin de l'œil gauche, du côté du cœur. C'est très rare !

J'ai deux longues couettes blondes qui dansent au vent et un corps élancé toujours en mouvement. J'aime la vie et je le dis. Mes amis admirent mes idées grandioses et mon sens de la débrouillardise. Mais le plus surprenant chez moi, c'est que je vois toujours le BON côté des choses. Pour moi, TOUT est possible dans la vie.

Je sais très bien ce que j'aime et ce que je n'aime pas. J'aime les fous rires, la première neige, la musique classique, la tarte au citron, les batailles d'oreillers, la pleine lune, les barrettes brillantes, les films qui font pleurer de joie et mon pantalon à pattes d'éléphant.

Je n'aime pas les bas qui puent, la mayonnaise ou toute autre sauce blanche qui ressemble à du gras. Je n'aime pas porter des robes ou des jupes, car lorsque je fais une chandelle ou une roue, tout le monde peut voir mes petites culottes à lapins roses. Je n'aime pas les banalités. Tu sais, les choses ordinaires... toujours pareilles. C'est ennuyant.

Ma chienne Bouboule est ma meilleure amie et ma confidente. C'est la plus belle chienne du monde. Elle est moitié berger allemand et moitié husky. Ses pattes et son ventre sont blancs, mais le reste de son corps est noir. On ne se cache rien,

Bouboule et moi. Je n'ai qu'à la regarder dans les yeux pour deviner comment elle se sent. Les chiens, après tout, c'est comme les enfants ! Ils feraient tout pour un biscuit, ils aiment jouer et se rouler dans l'herbe. Leur amour est sans limites et sans conditions. Et ça, c'est la plus belle chose qu'on puisse vivre.

Mais attention ! Je ne suis pas seulement une fillette aux longues couettes… Je possède aussi des pouvoirs magiques à en couper le souffle !

Mon histoire s'adresse à tous les enfants du monde. Elle raconte comment tu PEUX franchir tous les obstacles pour vivre tes plus grands rêves, peu importe la couleur de ta peau, l'endroit où tu habites, tes origines et ta religion.

Moi, j'ai relevé le défi ! Toi aussi, tu peux en faire autant. Ceux qui disent le contraire n'ont tout simplement pas encore lu *Anouchka De La Pétarade* !

Je te chuchote maintenant mon premier secret. Une fée habite dans ma tête et elle fait tout, mais absolument TOUT, ce que je lui demande.

Elle ne discute pas, elle obéit. En plus, elle ne dort pas et ne se repose jamais. Je peux donc lui demander ce que je désire à tout moment du jour ou de la nuit.

Tourne cette page et tu découvriras ce qui m'est arrivé. Je te préviens que mon histoire sort de l'ordinaire à un tel point qu'elle te paraîtra, peut-être, impossible. Pourtant, je te jure que tout ce que je vais te raconter m'est vraiment arrivé.

2

Rencontre avec ma fée

Tout a commencé quand je n'avais qu'un mois. Couchée dans un minuscule lit de bois dans un orphelinat, j'attendais avec impatience d'être adoptée, d'être aimée.

Quand j'y repense, j'en ai des frissons ! Sans maman ni papa, je n'avais rien à faire sauf regarder les toiles d'araignée au plafond et écouter pleurer les autres bébés autour de moi.

L'orphelinat était un vieux bâtiment laid et froid. Même le lait qu'on nous faisait boire

était froid! Mais le pire, c'est que personne ne prenait jamais le temps de venir nous parler. C'est pourtant dans ce vieil orphelinat que j'ai découvert ma fée.

Je ne sais pas comment c'est possible, mais je me souviens, dans les moindres détails, de la salle où je couchais, de la taille et de l'emplacement de mon lit.

Pardon? Ça ne se peut pas? Oh, si! C'est la vérité. Autrement, je ne serais pas ici à te raconter mon histoire et, toi, tu ne serais pas là à lire cette page.

Un jour, j'ai eu une vision: ce fut comme si, tout à coup, le fond de ma couche était collé au plafond. Dans cette position, à la manière d'un oiseau, je voyais la salle entière. Il y avait cinq

fenêtres dans la pièce, mais de lourds rideaux empêchaient le soleil d'y entrer. C'est alors que, comme par magie, un rayon de soleil a réussi à y pénétrer et à se diriger droit vers moi.

La pièce contenait sept petits lits disposés en forme de cercle. Dans chacun était couchée une petite fille enveloppée dans une vieille couverture grise. Oui, grise et rugueuse en plus !

Puis, je me suis vue dans mon petit lit. J'avais les yeux fermés et les petits poings crispés. Je ne pleurais pas. J'avais l'air bien. Pourtant, en me regardant de haut, j'ai compris dans quelle triste situation je me trouvais.

C'était complètement hallucinant ! J'étais mon propre fantôme ! Je me suis dit : «Il faut que je fasse quelque chose. Il n'est absolument pas question que je reste ici. Personne ne s'occupe de moi et on ne me donne pas assez à manger. Mais j'y pense… j'ai une chance incroyable : je vais pouvoir choisir mes parents ! Plus encore, je vais pouvoir choisir mon destin. Oui, c'est décidé ! «Ma vie sera ce que je veux qu'elle soit.»

Ce fut ma première demande à ma fée. Et, bien sûr, tout ce que j'avais imaginé se réalisa.

On a tous une petite fée dans la tête, une fée qui est là pour répondre à nos demandes. Et moi, j'ai compris cela un mois seulement après ma naissance.

3

La belle chanteuse d'opéra

Pourquoi me suis-je retrouvée dans un orphelinat ? Très bonne question ! Et la réponse est fascinante.

Il y a quelques années, j'ai appris que la femme qui m'a mise au monde était d'une beauté éblouissante. Pianiste et chanteuse d'opéra, elle était intelligente et s'exprimait très bien. Lorsqu'elle chantait, les gens s'évanouissaient tellement sa voix était belle à entendre.

Elle avait aimé trois hommes dans sa vie. Le premier, qu'elle avait épousé lorsqu'elle était encore toute jeune, a été frappé par un éclair et est devenu fou du jour au lendemain. Elle l'a quitté lorsqu'elle s'est rendu compte qu'il ne la reconnaissait plus, ni elle ni leurs deux enfants, un garçon, Komci, et une fille, Komça.

Le deuxième homme de sa vie, monsieur Vallée, était gentil, mais ennuyant à mourir. Il se nourrissait uniquement de beurre d'arachide. Il en mangeait tous les jours de sa vie : matin, midi, soir, et même au milieu de la nuit ! La version crémeuse les jours pairs, et la croquante les jours impairs.

Il était incapable de goûter à un autre aliment. Pas question ! Il aimait le beurre d'arachide et il en mangeait à la pelle. Il en avalait tellement que ses vêtements, ses cheveux et même sa transpiration sentaient le beurre d'arachide.

Les amoureux ont donné naissance à un garçon, Archid A. Vallée, et ont vécu heureux pendant 15 ans. Le jour où son mari est mort, la belle chanteuse avait envie de rire et de pleurer en même temps. Vingt-sept sacs de poubelles plus tard, il n'y avait plus un seul pot de beurre d'arachide dans la maison.

Puis, par un beau jour de printemps, elle a rencontré un très bel homme. Un grand blond aux yeux verts ultra-pétillants et au sourire attachant. Ce fut le coup de foudre ! Les tourtereaux ont connu une nuit d'amour passionnée. Mais, le lendemain, cet homme mystérieux devait repartir très loin, dans un autre pays. Jamais la belle chanteuse n'a revu son bel inconnu.

Ce beau grand blond était mon père. Il ne sait toujours pas que j'existe. Et moi, je ne connais rien de lui, ni son nom ni son pays d'origine.

Un mois plus tard, à sa grande surprise, la belle chanteuse apprenait qu'elle était enceinte de moi. Elle n'en revenait pas! Son médecin non plus d'ailleurs. Elle avait 49 ans! Il paraît que c'est très rare pour une femme d'attendre un bébé à cet âge-là. Et encore plus rare de le garder.

Ses trois premiers enfants étaient maintenant des adultes et ils avaient eux-mêmes leurs propres enfants. De son côté, la belle chanteuse habitait seule dans un petit appartement et elle se trouvait trop âgée pour élever un nouvel enfant. De plus, sa carrière de chanteuse d'opéra l'obligeait à voyager partout dans le monde. Même si cela lui a brisé le cœur, elle a décidé, pour mon bien, de me donner en adoption après ma naissance.

Je suis née le 2 février, à 20 h 30. J'étais un beau bébé de trois kilos et demi et je resplendissais de santé. Cinq jours plus tard, on m'a confiée à l'orphelinat.

Je n'en veux pas à la belle chanteuse. Elle a fait tout ce qu'elle pouvait pour moi. Elle m'a donné la santé, la beauté et son talent musical. C'est déjà pas mal, n'est-ce pas ?

J'ai choisi mes parents

Le 7 mars de la même année, mes futurs parents, Paul et Nicole, se sont présentés à l'orphelinat. Ce jour-là, ils ne savaient pas encore qu'en une seconde j'allais complètement transformer leur vie… et la mienne.

Ils étaient emballés à l'idée d'adopter un petit garçon et ils marchaient d'un pas décidé dans les corridors de l'orphelinat. J'ai bien dit un garçon.

J'entendais des portes s'ouvrir et se refermer. Puis, la religieuse, avec ses grosses lunettes

épaisses et ses dents de lapin, a invité les
visiteurs à passer par la salle des filles. « HA!
Merci, ma fée! » pensai-je en silence. Mon lit
était le troisième en partant de l'entrée.

Vers l'âge de cinq ans, alors que j'étais assez
grande pour comprendre, ma mère m'a raconté
que, au moment où elle et mon père sont passés

devant mon lit, une force irrésistible les a poussés à me regarder.

Ma mère m'a confié que je leur ai souri d'une façon si extraordinaire qu'ils n'ont pu faire autrement que de s'approcher de moi davantage. Ils m'ont fixée durant une seconde et, charmés par mon sourire attachant et mes petits doigts grands ouverts, ils ont regardé la religieuse en disant :

— C'est elle que nous choisissons.

La religieuse, très étonnée, a froncé les sourcils et s'est exclamée :

— Mais c'est une fille ! En plus, elle a la grippe. Elle tousse sans arrêt. Je ne crois pas que...

Ma mère, émue, l'a interrompue brusquement :

— C'est elle que nous voulons. Elle est parfaite !

— Êtes-vous certains de votre choix ?

— Oui, ma sœur, a ajouté mon père, c'est elle que nous choisissons. À vrai dire, c'est plutôt elle qui nous a choisis.

Ma vie venait de commencer. J'avais bien «choisi».

Laisse-moi te parler un peu de mes parents. Ils ont tous les deux un cœur pur et bon. Mon père travaille dans une imprimerie, et ma mère dans un magasin de vêtements pour hommes.

Ma mère fait la meilleure sauce à spaghetti du monde, avec des boulettes de viande grosses comme ça !

Elle adore la campagne et nous y allons presque toutes les fins de semaine. Sa passion, c'est le jardinage.

Mon père, lui, est un excellent joueur de baseball. C'est toujours lui qui frappe la balle le plus loin. Il adore aussi jouer aux cartes. L'hiver, il fait du patin. Lui aussi, sans trop le savoir, il parle à sa fée. Chaque matin et chaque soir, il avale deux cuillerées d'huile de foie de morue. Oui, oui, de l'huile de poisson! Je sais, c'est ultra-dégoûtant, mais il est convaincu que ce liquide le gardera toujours en bonne santé. Et c'est vrai, il n'est presque jamais malade. Il y croit tellement que sa fée reproduit sa pensée et le protège contre toutes les maladies.

5

30, c'est trente !

J e te livre maintenant mon deuxième secret. Attention ! Tout ce que tu affirmes avec certitude se produira à la lettre.

Mes parents avaient 25 ans lorsqu'ils m'ont adoptée. Ils s'étaient mariés à 19 ans et, bien qu'ils aient essayé 1825 fois d'avoir un enfant (365 jours par année × 5 ans = 1825 fois, ce qui veut dire une fois par jour pendant cinq ans), ils n'y sont jamais parvenus.

Ils étaient désespérés et même fatigués d'attendre. Alors, ils m'ont adoptée.

Mais moi, je sais pourquoi ils ne réussissaient pas. Ma mère disait toujours : «Je vais essayer de tomber enceinte jusqu'à l'âge de 30 ans. Si à 30 ans je ne le suis toujours pas, je n'aurai pas d'autres enfants.» Elle mentionnait toujours le chiffre 30. Et, bien évidemment, sa fée l'avait entendue, puisque les fées entendent absolument tout. Sans y prêter attention, ma mère avait donné des instructions très précises à sa fée.

Alors, que crois-tu qu'il s'est passé ? Eh oui, ma mère a appris qu'elle était enceinte à 30 ans !

Pas à 29 ans, ni à 31 ans. À 30 ans ! Comme elle l'avait toujours pensé et répété.

C'est pour cette raison qu'aujourd'hui j'ai une petite sœur de trois ans. Elle s'appelle Caroline. Elle a de belles grosses joues roses qui sentent la barbe à papa, des cheveux bruns tout bouclés, un petit nez retroussé et de grands yeux noirs en forme de cocos de Pâques !

Nos destins devaient se croiser. Si ma mère avait souhaité avoir un enfant à l'âge de 25 ans, son vœu se serait réalisé et elle ne m'aurait sûrement pas adoptée en cette journée historique du 7 mars. Il y a toujours une raison à tout.

Je suis une enfant très douée en musique. À l'âge de six ans, j'ai été sélectionnée pour étudier à l'école Découvre ton talent, choisis ton instrument. C'est une école primaire spécialisée en musique. Je l'ai tout de suite adorée. C'était comme si ses murs étaient couverts de bonbons.

Les élèves viennent des quatre coins de la ville. On a une chose en commun : le talent musical. On passe quatre heures par jour à étudier le piano, le violon, le chant, la danse, la claquette, la diction, la flûte et les instruments à percussion.

Les élèves de chacune des classes sont toujours les mêmes, de la 2e à la 6e année. Les enseignantes sont exigeantes mais super-sympathiques. Nous passons tellement de temps ensemble que nous formons une grande famille.

Quand je ne suis pas à l'école, je parle à mes plantes ou à Bouboule. Ça t'étonne ? Ha ! Ha ! Moi, je trouve que c'est tout à fait normal. Ce sont des êtres vivants comme toi et moi. Si on veut qu'ils grandissent, il faut leur parler. Ils ne peuvent peut-être pas nous répondre, mais ils ressentent les choses, en particulier la musique.

Moi, je joue du violon à mes plantes et, crois-moi, elles bougent de joie au son de la musique. Quant à Bouboule, ma chienne, elle préfère le piano. Ses oreilles se redressent comme deux fusées et elle me regarde, immobile, jusqu'à la dernière note.

Mais, en fait, c'est surtout avec ma fée que je discute. Dans ces moments-là, je m'émerveille à faire ma propre magie !

Tu aimerais savoir de quoi elle a l'air, ma fée ? D'accord ! Elle est unique au monde. Elle est à l'image de mes pensées. Elle est vêtue de la tête aux pieds de magnifiques vêtements et son corps est illuminé de

l'intérieur. Son sourire est toujours sincère. Ses cheveux dorés sentent le gâteau encore tout chaud. Sa peau est plus douce que l'intérieur d'une guimauve grillée qui fond dans la bouche.

Je connais tellement bien ma fée que, à certains moments, j'ai l'impression d'en être une. Après tout, si la fée est en moi, alors je suis moi-même une fée, non?

Pour réussir, il faut agir !

Toi aussi, tu possèdes une fée dans ta tête. Dès que tu découvres ses pouvoirs, tu peux choisir tout ce qui t'arrivera. Comment faire ? La réponse est simple : tu n'as qu'à sélectionner tes pensées. C'est un peu comme si tu avais une baguette magique dans la tête. Sauf que, cette magie dont je te parle, elle ne se fait pas toute seule. C'est TOI qui dois la faire.

Par exemple, tu peux toujours demander à ta fée de faire ton devoir de maths à ta place. Par contre, si tu restes là, sans bouger, à attendre qu'elle le dépose sur la table, tu risques d'attendre longtemps. Je le sais, j'ai déjà essayé !

Pour réussir, il faut agir ! Pour obtenir des résultats rapides, le truc, c'est d'agir avec le sourire. Alors là, le succès est doublement assuré.

À la seconde où tu décides de passer à l'action et de persévérer quoi qu'il arrive, ta fée commence à travailler pour que ton souhait devienne réalité. C'est ça qui est magique !

Moi, depuis que j'agis avec le sourire, je réussis beaucoup mieux. De plus, j'ai fait une importante découverte : quand je suis motivée, les obstacles se transforment en défis à relever. Je te le jure ! Et devant un défi intéressant, j'oublie totalement que je suis en train de travailler. C'est un miracle !

Voilà un truc que j'avais bien hâte de te dire. Ne l'oublie pas. Il va t'épargner beaucoup de frustrations. Oh, pas besoin de me remercier! Entre copines et copains, il faut bien s'entraider.

Il y a pourtant des gens qui n'aiment pas faire des efforts. Ils restent là, sans bouger. Ils veulent des résultats immédiats mais refusent de prendre les moyens pour y parvenir.

Les pauvres! Ils se sont trompés de planète. Ici, c'est la Terre, pas la planète «Tout cuit dans le bec»!

Moi, lorsque je souhaite qu'une chose se produise, j'y crois de toutes mes forces. Ensuite, j'agis avec le sourire et la magie se produit. Si j'ai tendance à prononcer une parole négative, je la remplace tout de suite par une parole positive et le tour est joué!

Malgré mes neuf ans, j'ai remarqué que, peu importe la situation dans laquelle on se trouve, on a toujours deux choix. Un, ne rien faire et accepter les conséquences, ou deux, passer à l'action pour améliorer la situation. Tout problème a une solution. Moi, quand quelque chose ne fait pas mon affaire, je ne reste pas assise sur mon derrière !

Pour te prouver que je dis la vérité, je vais t'avouer quelque chose de très gênant. Il n'y a pas si longtemps, j'ai eu un examen de mathématiques sur les fractions.

Sais-tu combien j'ai obtenu comme résultat ? Seulement un D ! J'étais bouleversée et gênée. Par-dessus le marché, j'étais enrhumée et j'avais la goutte au nez. Ce n'était sûrement pas la plus merveilleuse des journées !

Je me suis dit : «Anouchka, tu as deux choix. Un, ne rien faire et accepter cet échec. Deux, passer à l'action pour améliorer la situation.» J'ai choisi d'agir et j'ai averti ma fée. Anouchka De La Pétarade n'abandonne pas si facilement !

J'ai tout de suite demandé à ma prof de maths la permission de reprendre l'examen. Elle a accepté de m'en faire passer un autre le lendemain. Mon plan se déroulait bien, mais le plus difficile restait à faire : l'effort d'étudier sérieusement.

Ce soir-là, ma fée et moi avons étudié comme jamais ! Je voulais absolument comprendre. J'ai lu et relu toutes mes notes de cours. De plus, j'ai téléphoné à ma prof pour avoir des explications. Et tu sais quoi ? Malgré mes éternuements et

45

mes tonnes de papiers-mouchoirs éparpillés sur le plancher, j'ai fini par tout comprendre.

Le lendemain, j'ai repris l'examen. Cette fois, j'ai obtenu un A ! Je n'en croyais pas mes yeux. Je n'oublierai jamais ce jour. J'ai encadré ma feuille d'examen et je l'ai accrochée au-dessus de mon lit pour me rappeler que je peux TOUT faire.

En fin de compte, la clé de la réussite, c'est de croire en soi-même.

7

La « Course du siècle »

C'était en juin l'année dernière. La fin des classes approchait. Dans la cour d'école, tout le monde était habillé en tenue de sport. C'était le jour des Olympiades et une grande course était organisée. Les enseignantes évaluaient les élèves de 3e année pour sélectionner la plus rapide des filles et le plus rapide des garçons en vue de la «Course du siècle».

Je me souviens très bien de ce jour. C'était la première fois que je participais à une telle course. À la ligne de départ, je me suis parlé. Je

49

me suis dit que j'avais des chances de gagner, car je savais, au fond de moi, que je courais vite... très vite même.

J'étais confiante et j'ai décidé que j'allais arriver la première. J'en ai parlé à ma fée, et je l'ai remerciée à l'avance de son aide. J'étais persuadée de réussir. Je me voyais déjà la médaille au cou.

Lorsque tu fais appel à ta fée, souviens-toi de toujours la remercier à l'avance pour ce qu'elle te permettra d'accomplir. C'est un petit code secret qui l'incitera à t'aider avec plus de vigueur. En fait, c'est un signal ou un mot de passe qui lui confirme que tu as besoin de son aide.

Après plusieurs courses éliminatoires, j'ai été proclamée la plus rapide des filles. Mais ça n'a pas été facile ! J'ai travaillé tous les muscles de mon corps jusqu'aux petits orteils pour y arriver.

J'étais vraiment contente et fière de moi. Les filles m'encourageaient en vue de la grande finale. Tous les élèves de l'école étaient rassemblés dans la cour pour voir cette fameuse «Course du siècle».

On m'a présentée à mon adversaire. C'était un grand mince, nommé Benoît. Je me souviens très bien de ce moment : lui et moi, à la ligne de départ, pour la «Course du siècle».

Je l'ai regardé droit dans les yeux, la tête haute et fière. Pas de doute, mes yeux étaient plus pétillants que les siens. J'allais gagner cette course !

Dans la cour d'école, la foule s'était alignée de chaque côté de la piste. L'arrivée était délimitée par un ruban jaune. Le premier ou la première à traverser le ruban serait le grand vainqueur. On lui remettrait une médaille d'or, mais il remporterait quelque chose d'encore plus précieux : son nom serait affiché pour toujours au tableau d'honneur de l'école !

La pression était énorme. Les filles sautaient sur place en criant « Anouchka ! Anouchka ! Anouchka ! » On aurait dit qu'elles exécutaient une danse africaine. Je savais qu'il ne s'agissait pas d'une simple course. C'était l'honneur des garçons contre celui des filles. Je ne pensais qu'à une chose : la victoire. J'étais persuadée que j'étais la meilleure. Je ne voulais pas laisser le doute s'installer en moi, pas même pour une seconde. Je ne faisais que me répéter : « Je vais gagner, je vais gagner pour les filles. » C'était la seule option.

Mes amies me lançaient des cris d'encouragement, mais je n'entendais rien. J'étais occupée à parler à ma fée. Quelques minutes plus tard, j'étais prête.

Du coin de l'œil gauche, j'ai regardé Benoît. Il tremblait tellement que je pouvais sentir les battements de son cœur à travers son t-shirt. Lui aussi ressentait la pression : il devait sauver l'honneur des garçons, qui tous hurlaient son nom avec enthousiasme.

Nous nous sommes avancés à la ligne de départ, puis la prof d'éducation physique a crié :

— À vos marques, prêts, partez !

Comme deux chevaux de course déchaînés, Benoît et moi courions côte à côte, exactement à la même vitesse. Il nous fallait tout donner. Les cris des spectateurs nous rendaient sourds et agités. Je ne quittais pas mon objectif des yeux. J'allais toucher ce ruban jaune la première.

La course était très serrée. Dans les derniers mètres, j'ai foncé comme si ma vie en dépendait. Quelques secondes plus tard, je me suis retrouvée sous une montagne de filles surexcitées qui se bousculaient pour m'embrasser. Aucun mot ne peut exprimer ce que j'ai ressenti à cet instant. J'ai pleuré de joie. J'avais gagné ! Ma détermination et mes efforts soutenus m'ont permis de remporter cette victoire... avec l'aide de ma fée, bien sûr !

8

L'oignon qui gagna la bicyclette

Un après-midi d'octobre, le Club optimiste de la région avait organisé une danse d'Halloween dans le gymnase de mon école.

À cette occasion, j'avais décidé de me déguiser en oignon. C'est sympathique, un oignon ! Pour moi, c'est le plus sensible des légumes. D'abord, il nous fait pleurer quand on l'épluche. Ensuite, il nous fait rire pour oublier qu'on pleure pour rien. Ah, que c'est beau !

Au départ, j'avais pensé me recouvrir de vraies pelures d'oignon. Cependant, je n'avais pas assez d'argent pour acheter 29 002 oignons (la quantité qui, selon mes calculs, était nécessaire pour me recouvrir tout le corps). Alors, j'ai demandé l'aide de ma mère afin de créer mon propre costume.

J'ai même eu l'idée de faire mon propre parfum avec du jus d'oignon et de m'en vaporiser le corps. J'ai vite abandonné ce plan. J'aurais été en pleurs toute la soirée et on sait très bien qu'un oignon ne verse pas de larmes facilement !

J'ai connu beaucoup de succès à la danse. J'ai le don de faire rire mes copines. Souvent, elles rient tellement qu'elles font pipi dans leurs petites culottes. Par précaution, elles ont toujours une petite culotte de rechange dans leur sac à dos. Deux, en cas de fou rire extrême…

Après plusieurs danses, le directeur de l'école a pris le micro et annoncé qu'il allait procéder au tirage d'une bicyclette. Je me suis retournée pour admirer la belle bicyclette rouge qu'il nous présentait. Un seul coup d'œil m'a suffi pour décider que c'était MOI qui allais repartir avec elle.

Avec mes yeux verts ultra-pétillants et mon sourire attachant, j'ai fait un clin d'œil à ma fée. Comme dans un film, j'ai tout de suite imaginé que j'entendais mon nom au micro et que mes amies se tournaient vers moi en bondissant de joie. J'avais le cœur qui battait quatre fois plus vite qu'à la normale. Les sifflements et les applaudissements m'envahissaient. Je vivais pleinement ce moment. Je SAVAIS que mon nom allait être pigé.

À peine revenue à la réalité, j'ai vu le directeur s'avancer au micro avec un bout de papier à la main. J'ai ouvert grand les yeux et les oreilles.

— Et la gagnante est : Anouchka De La Pétarade.

J'en avais le souffle coupé ! Le scénario que j'avais imaginé venait de se dérouler devant mes yeux. Un courant d'énergie m'a alors traversée. Je ne me souviens pas si j'ai marché, couru, roulé ou volé… mais je me suis retrouvée sur la scène recevant mon prix et saluant la foule.

Selon mes habitudes, je n'ai pas oublié d'avoir quelques mots gentils pour ma fée.

«Oh merci, ma fée ! Merci de ton aide ! J'adore cette bicyclette.»

Je dis souvent à mes amis : «Il faut le croire pour le voir.» Si tu crois passionnément que tu peux arriver à faire ou à obtenir une chose, tu n'es plus seul. Ta fée et toute la terre entière se mettent aussi à y croire. Je ne sais pas comment je pourrais t'expliquer autrement.

C'est fou ce qu'on arrive à faire avec de la volonté et de la confiance en soi. Après tout, ce n'est pas tous les jours qu'on peut apercevoir un oignon à bicyclette !

9

Parle à ta fée

S i tu crois avec ton cœur, et que tu imagines très clairement ce que tu désires, ta fée fera en sorte que tes rêves deviennent réalité.

Il s'agit sûrement du plus grand secret de la vie. Te rends-tu compte ? On a une fée dans la tête et elle fait tout ce qu'on lui demande !

Le meilleur moment de la journée pour parler à ta fée, c'est juste avant de t'endormir. C'est à ce moment-là que ton imagination rejoint le monde merveilleux de ta fée.

Lorsque ta fée accepte une de tes idées, bonne ou mauvaise, elle commence tout de suite à lui donner forme.

Crois-le ou non, il y a des gens qui, sans même le savoir ou le vouloir, s'attirent de mauvaises choses.

Tu as sûrement déjà entendu des gens dire «Je ne suis pas capable» ou «C'est trop difficile». Avec une telle attitude, il n'est pas étonnant que rien de bon ne leur arrive!

Leur fée va reproduire leurs pensées et leurs paroles. Et, bien sûr, ces gens ne

64

seront jamais capables de surmonter les obstacles. Tout leur paraîtra difficile. C'est bien dommage! Ces personnes ne savent pas encore qu'elles n'ont qu'à croire qu'elles sont capables de TOUT faire, qu'elles n'ont qu'à se dire que TOUT est possible pour connaître le succès.

Chaque matin et chaque soir, je me regarde dans le miroir et je me dis à haute voix:

«Je suis en parfaite santé. Je réussis tous mes projets. Les gens qui m'entourent m'apprécient et me félicitent, tant à l'école qu'à la maison. En tout temps, je me sens protégée et je reçois de l'amour en abondance. Merci, ma fée, pour ces bonnes choses. Voilà, c'est fait. Ici. Maintenant!»

Et le lendemain, la vie me sourit. Je me sens capable de relever n'importe quel défi.

Le secret de la réussite, pour moi, c'est de croire dur comme fer qu'on est capable de TOUT faire. Moi, Anouchka De La Pétarade, je ne me laisse pas influencer par les mauvaises pensées. Je les bloque ! Elles ne peuvent alors

rien contre moi. Lorsque je me retrouve devant un obstacle, je me débrouille pour le surmonter.

Ma fée est toujours avec moi. Je lui dis ce que je veux, je la remercie à l'avance et je suis sûre que j'obtiendrai ce que je désire. Mais il faut croire que l'on réussira. Sinon, rien ne se produira.

Ce sont les pensées négatives qui nous font hésiter. Moi, je dis qu'il faut éliminer ces vermines de la surface de la planète. On aurait la paix.

D'ailleurs, j'ai un plan. Approche… Et si on remplaçait chacune de nos pensées négatives par une pensée positive? Nos fées pourraient alors éliminer tout ce qui est mauvais. Et après? La paix régnerait sur Terre. Voilà ce que je pense!

Dans le monde merveilleux d'Anouchka De La Pétarade, il y aurait un petit bois derrière un champ de pissenlits. Une cabane suspendue et des vaches à deux taches aussi, à perte de vue! Ça, c'est le monde comme je le vois dans ma tête.

Tu sais, j'ai commencé à le bâtir, ce monde merveilleux. J'imagine la santé et l'amour pour tous et le bonheur avec un grand «B». Tu sais, comme lorsqu'on sourit tellement qu'on en a mal aux joues. C'est de ce genre de bonheur-là que je te parle!

Ma fée entendra ma pensée et m'aidera à rendre la vie de plus en plus merveilleuse. Ce monde de paix se construira un jour à la fois. Tu verras...

Il faut que je te quitte, mon cours de natation va bientôt commencer. J'espère qu'on se reverra bientôt, car je suis loin de t'avoir tout dit!

En attendant, crois en toi, garde le sourire et salue ta fée de ma part!

Ton amie, Anouchka De La Pétarade!

TABLE DES MATIÈRES

1. Le premier secret d'Anouchka 7

2. Rencontre avec ma fée.....................15

3. La belle chanteuse d'opéra 21

4. J'ai choisi mes parents....................27

5. 30, c'est trente! 33

6. Pour réussir, il faut agir!..................41

7. La «Course du siècle » 49

8. L'oignon qui gagna la bicyclette 57

9. Parle à ta fée 63